Les battements de l'invisible

Du même auteur

Cécile V.

Les battements de l'invisible

Cécile V.

Passionnée de lecture, Cécile V. a trouvé dans l'écriture un moyen d'exprimer les émotions et les épreuves qui marquent une vie. À travers "Les battements de l'invisible", elle livre un roman poignant, inspiré de son propre combat contre la fibromyalgie et les défis qu'elle a dû surmonter.

Avec sensibilité et justesse, elle nous plonge dans une histoire de résilience et d'amour, où la douleur invisible devient une force, et où chaque battement de vie compte.

Table des matières

Préface

Écrire ce livre n'a pas été une évidence. Il est né d'un besoin profond, celui de mettre des mots sur l'invisible, sur ces douleurs que l'on ne voit pas, mais qui façonnent une vie. "Les battements de l'invisible" est plus qu'une histoire, c'est un voyage à travers la résilience, la perte et la force intérieure que l'on découvre lorsque tout semble s'effondrer.

La fibromyalgie, comme tant d'autres maladies invisibles, est souvent incomprise. Elle transforme le quotidien, bouleverse les relations, incite à se réinventer. Ce roman est un témoignage romancé de ce combat, inspiré de mon propre parcours, mais il est surtout un message d'espoir.

À ceux qui souffrent en silence, à ceux qui cherchent un sens à leurs épreuves, à ceux qui aiment sans toujours comprendre, ce livre est pour vous. Que ces pages imprègnent votre âme de réconfort, rayonnent dans vos moments difficiles, et vous poussent à continuer.

Cécile V.

Avant-propos

En rédigeant "les battements de l'invisible", je ne me suis pas limité à raconter une histoire. Je voulais donner une voix à ces douleurs que l'on ne voit pas, mais qui bouleversent une vie entière. Ce roman est inspiré de mon propre parcours, des épreuves qui m'ont façonnée et des émotions complexes qu'une maladie invisible comme la fibromyalgie impose au quotidien.

À travers Cassandre, j'ai voulu montrer à la fois la réalité de ce combat silencieux, et la force qui naît lorsque l'on refuse de se laisser définir par la souffrance. Ce livre est une ode à la résilience, à l'amour et à la capacité qu'à l'être humain de se relever, même lorsque tout semble perdu.

Si vous vous reconnaissez dans ces pages, sachez que vous n'êtes pas seul. Chaque douleur a sa voix, chaque battement invisible compte, et derrière chaque combat, il y a une lumière à retrouver.

Merci d'ouvrir ce livre, merci de marcher un instant aux côtés de Cassandre.

Cécile V.

Chapitre 1 : Le début de tout

Le soleil se levait à peine lorsque Cassandre ouvrit les yeux avec difficulté. Une douleur sourde pulsait dans sa tête et se propageait lentement dans tout son corps. Ce n'était pas une nouvelle sensation. Elle la connaissait trop bien. Depuis des années, la fibromyalgie était une compagne invisible, accrochée à elle comme une ombre persistante.

Chaque matin, c'était la même bataille. La fatigue qui ne disparaît jamais, la douleur diffuse qui s'installe dans chaque muscle, chaque articulation. Elle avait appris à vivre avec, à composer avec cette présence insidieuse. Depuis qu'on lui a annoncé le verdict médical, elle voit ses proches la soutenir, sa mère remuer la terre entière pour lui trouver des solutions et son père accepter avec difficulté. Cette fois, une sensation était différente. Un nouveau poids s'ajoutait à ceux qu'elle portait déjà. Un nouveau combat à mener. Elle n'a pas envie de devenir un poids, elle a décidé de se battre comme elle pouvait.

Elle se leva doucement, grimaçant en sentant une raideur encore plus marquée que d'habitude. Depuis son opération, son corps semblait lui envoyer de nouveaux signaux d'alarme. Comme si la fibromyalgie ne suffisait pas, il avait fallu que cette tumeur s'ajoute à l'équation. Ainsi, on lui avait enlevé la partie malade du col de l'utérus, elle avait subi une séance de laser pour éliminer toute trace du mal, et pourtant… Elle ne se sentait pas mieux.

En passant devant le miroir de la salle de bain, elle s'arrêta. Son reflet lui renvoya un visage fatigué, marqué. Par ailleurs, elle avait l'impression de ne plus reconnaître celle qu'elle était avant.

"C'est temporaire. Il faut juste que je me repose un peu plus."

Cependant, elle inspirera profondément, refoula l'angoisse qui montait et alla préparer le petit-déjeuner.

Quand son conjoint entra dans la cuisine, il s'arrêta un instant, l'observant.

– Tu vas bien ? Demanda-t-il tendrement !

Alors, elle lui adressa un sourire forcé, haussa les épaules.

– Oui, juste un peu fatiguée.

Ce n'était pas un mensonge, mais ce n'était pas la vérité non plus. La fatigue était devenue son état normal.

Elle se laisse aller sur sa chaise en soupirant. Il est sept heures du matin. La fatigue l'empêche de travailler, mais ça ne l'empêche pas de se préparer et de passer la journée comme elle peut.

Tout à débuter il y a huit ans. Durant deux mois, elle a eu une fatigue extrême avec des malaises, des maux de tête, des maux de gorge, des sueurs nocturnes ainsi que des vertiges. La faute à la fatigue, elle a pensé. En réalité, il y avait un mal qui l'a rongée. Elle a consulté, a passé une multitude d'examen, jusqu'au jour où le verdict est tombé. Une mononucléose. C'était trop tard… La maladie à laisser des traces dans le corps. Ce qui à emmener à l'autre diagnostic des années plus tard.

Chapitre 2 : Le verdict

La salle d'attente était silencieuse, à peine troublée par le froissement des pages d'un des magazines abandonnés sur une table basse. Cassandre se tenait là, les yeux fixés sur l'horloge accrochée au mur. Chaque tic-tac résonnait dans sa tête comme une goutte d'eau frappant une pierre, usant lentement sa patience. Elle était très stressée. À ses côtés, Nathan, son conjoint, tenait sa main avec douceur. Ils échangèrent quelques mots, mais restaient principalement silencieux, tous les deux légèrement nerveux.

Elle savait que ce rendez-vous serait déterminant. Les douleurs qu'elle ressentait depuis si longtemps, l'épuisement constant... Il y avait quelque chose qui n'allait pas, et elle espérait enfin obtenir une réponse.

– Madame Vidal, je vais vous recevoir.

Elle serra alors la main de Nathan avant de se lever. Ils se dirigèrent ensemble vers le bureau du médecin. Celui-ci, un homme d'une soixantaine d'années, les invita à s'asseoir d'un geste calme, les yeux un peu plus concentrés sur son dossier que sur eux. Après les premières questions administratives, il lança les hostilités.

– Alors, parlons de vos symptômes. Depuis combien de temps ressentez-vous ces douleurs ?

Cassandre répondit lentement, détaillant les endroits où la douleur était la plus intense, cette sensation de corps étranger, de muscles constamment tendus. Le médecin lui posa encore plusieurs questions :

– Sont-elles permanentes ? Varient-elles ? Avez-vous des douleurs localisées, ou diffuse ? Avez-vous des troubles du sommeil ? Des épisodes où vous vous sentez complètement épuisée, même après une bonne nuit de sommeil ?

À chaque question, elle détaillait davantage les symptômes qui la tourmentaient depuis des mois, ce fardeau silencieux, invisible. Nathan écoutait attentivement, l'air préoccupé, serrant la main de Cassandre sous la table.

Le médecin prit quelques notes supplémentaires avant de lever les yeux. Il sembla hésiter un instant avant de prononcer les mots qui allaient tout changer.

- D'après ce que vous me décrivez, je pense que vous souffrez de fibromyalgie.

Le mot résonna dans l'air, lourd, presque irréel. Cassandre sentit son cœur se serrer, une boule se formait dans sa gorge. Nathan tourna brusquement son regard vers elle, comme s'il cherchait à lire dans ses yeux une confirmation de ce qu'il venait d'entendre. Mais, c'était trop tard.

– La fibromyalgie est une maladie chronique qui provoque des douleurs généralisées dans tout le corps.

Les symptômes que vous ressentez, tels que la fatigue, la douleur et les troubles du sommeil, font partie du tableau clinique.

Cassandre avait déjà idée de ce que cela signifiait, mais entendre ces mots de la bouche du médecin rendait soudainement tout cela officiel. Elle était piégée dans cette réalité, un peu plus chaque seconde.

Le médecin poursuivit son explication :

– Ce n'est pas une maladie curable. C'est une maladie avec laquelle on apprend à vivre. Nous disposons de plusieurs moyens pour gérer les symptômes et les atténuer, mais la douleur et la fatigue feront partie de votre vie à long terme.

À ses côtés, Nathan resserra son emprise sur sa main, une main qui tremblait désormais. Il avait les yeux fixés sur le médecin, cependant son visage était marqué par la même inquiétude que celle qui se lisait sur celui de Cassandre. Il n'était pas prêt à entendre ça.

– Nous allons commencer à chercher des solutions pour soulager les symptômes, toutefois il va falloir du temps pour trouver un équilibre. Il y a des hauts et des bas, parfois des périodes où la douleur sera moins présente et d'autres où la douleur sera plus intense, mais il faut savoir qu'il n'y a pas de traitement pour le moment.

Cassandre hocha lentement la tête, se sentant submergée. Les paroles du médecin se mêlaient dans sa tête, se tordaient et se confondaient. Elle avait cru qu'il s'agissait peut-être de quelque chose de transitoire, une sensation qui finirait par disparaître. Mais non. Elle allait devoir vivre avec.

Le médecin lui tendit une ordonnance avec quelques recommandations, et lui donna un rendez-vous de suivi.

– Pour toutes questions, pensez à revenir me voir. Ainsi, nous pourrons ajuster les conseils selon vos besoins.

Cassandre prit l'ordonnance sans un mot. Il n'y avait plus rien à dire, en réalité.

Ils se levèrent ensemble, sortant du bureau. Nathan la regarda longuement, puis la prit dans ses bras dès qu'ils furent dans le couloir.

– Tu n'es pas seule, je suis là. Toujours.

Elle sentit les larmes monter, mais elle les retint. L'envie de pleurer se mêlait à un sentiment d'épuisement et de frustration. Rien ne serait plus comme avant. Mais, avec lui à ses côtés, peut-être, arriverait-elle à affronter cette nouvelle réalité.

Chapitre 3 : L'après-coup

Le trajet de retour se déroula dans un silence lourd. Nathan tenait le volant, jetant parfois un regard inquiet vers Cassandre, qui fixait la route sans vraiment la voir.

Elle se sentait vide. Comme si le simple fait d'avoir enfin un nom pour sa souffrance la rendait encore plus réelle, encore plus définitive. Avant, elle pouvait toujours espérer que ce ne soit qu'un mauvais passage, une phase passagère. Mais maintenant…

– Veux-tu en parler ? demanda doucement Nathan, rompant enfin le silence.

Elle haussa légèrement les épaules, incapable d'exprimer ce qu'elle ressentait.

– Je ne sais pas quoi dire. J'ignore quoi penser…

Cassandre ferma les yeux un instant, laissant les émotions l'envahir.

- J'espérais encore que ce soit autre chose. Quelque chose qui se soigne, qui disparaît avec le temps. Mais là. C'est pour toute la vie.

Cassandre sentit la main de Nathan effleurer la sienne avec délicatesse.

- Je sais. Mais, tu n'es pas seule.

Elle hocha la tête, cependant au fond d'elle, elle savait que personne ne pouvait vraiment comprendre ce qu'elle traversait. C'était son propre corps qui la trahissait. Sa bataille à elle.

Lorsqu'ils arrivèrent chez eux, elle s'effondra sur le canapé, les bras croisés autour de son corps comme pour se protéger d'un froid inexistant. Nathan s'assit à côté d'elle, attendant patiemment qu'elle prenne la parole.

- Je vais devoir vivre avec ça au quotidien… Gérer la douleur, la fatigue, les traitements, s'il y en a un jour, les différentes méthodes pour calmer la douleur… Je ne sais même pas par où commencer.

- On va y aller un jour après l'autre. On va trouver un moyen.

Elle voulait y croire. Réellement. Mais, à cet instant précis, l'avenir lui paraissait plus incertain que jamais.

Chapitre 4 : Apprendre à vivre avec

Les semaines suivant le diagnostic furent un véritable défi. Cassandre oscillait entre soulagement d'avoir enfin un nom pour sa douleur et frustration face à l'absence de véritable traitement.

Le matin, elle peinait à sortir du lit. Chaque mouvement lui rappelait que son corps n'était plus le même. Elle devait composer avec cette fatigue écrasante et ces douleurs diffuses qui semblaient ne jamais s'atténuer.

Un jour, alors qu'elle tentait de préparer le petit-déjeuner, une violente crampe lui saisit la main ainsi que les jambes. Le bol qu'elle tenait lui échappa et se brisa au sol.

– Merde… Souffla-t-elle en fermant les yeux.

Nathan accourut, inquiet.

– Cassandre, ça va ?

Elle sentit la colère monter en elle.

– Non, ça ne va pas ! lança-t-elle en s'éloignant.

Elle s'effondra sur le canapé, la tête entre les mains. Nathan s'approcha doucement et s'assit à côté d'elle.

– J'ai l'impression de ne plus être moi-même… Murmura-t-elle.

Il passa un bras autour d'elle.

– Tu es toujours toi, Cassandre. Tu es juste en train d'apprendre à vivre différemment.

Ses paroles résonnèrent en elle. Apprendre à vivre différemment. Est-ce que cela pouvait se réaliser ?

Les jours suivants, elle décida de tester de nouvelles approches pour mieux gérer la maladie. Cassandre consulta une clinique spécialisée dans la douleur chronique, qui lui apprit des exercices doux pour assouplir ses muscles sans les brusquer.

Elle commença aussi des séances d'acupuncture. La première fois, elle était sceptique, mais après quelques séances, elle ressentit une légère amélioration. Ce n'était pas miraculeux, mais chaque petite victoire comptait.

Le plus dur fut d'accepter de ralentir.

Un soir, alors qu'elle jouait avec Lucas, une douleur fulgurante lui traversa le dos. Cassandre grimaça et s'arrêta net.

– Maman, tu as mal ? Demanda-t-il avec inquiétude.

Cassandre hésita, puis hacha la tête.

– Oui, mon grand. Mais ça va aller.

Lucas vint s'asseoir près d'elle et posa sa petite main sur son bras.

– On peut faire un jeu auquel on ne bouge pas trop si tu veux.

Son cœur se serra. Lucas comprenait à sa manière.

– D'accord, Lucas. On va faire ça.

Ce soir-là, elle perçut clairement que la fibromyalgie impactait toute la maison.

Nathan était d'un soutien inébranlable, pourtant elle voyait bien que la situation l'affectait. Il prenait sur lui, faisait plus de tâches à la maison, s'inquiétait à chaque soupir de douleur qu'elle laissait échapper.

Un soir, alors qu'ils étaient au lit, elle brisa le silence.

– Tu sais que tu as le droit d'être fatigué aussi ?

Nathan tourna la tête vers elle.

- Je sais. Mais, je ne veux pas que tu penses que tu es un poids pour moi.

Cassandre baissa les yeux.

- Parfois, j'ai peur que tu le ressentes ainsi.

Nathan lui prit la main.

- Écoute-moi bien. C'est difficile, c'est vrai. Mais, je suis là parce que je t'aime, pas par obligation. Ainsi, on va apprendre ensemble.

Ses yeux s'embuèrent.

- Merci, Nathan.

C'était un combat qu'ils mèneraient à deux.

Petit à petit, Cassandre apprit à écouter son corps. Elle planifiait ses journées en fonction de son énergie, alternant moments de repos et activités.

Un matin, elle se regarda dans le miroir. Cassandre ne voyait plus la femme brisée par la douleur, mais une femme qui s'adaptait. Qui refusait de laisser la maladie dicter chaque aspect de sa vie.

Ce ne serait jamais simple, toutefois elle avait fait un premier pas vers l'acceptation.

Et, parfois, un pas, c'était déjà énorme.

Chapitre 5 : Les réactions des autres

Les semaines suivantes, un dîner en famille était prévu.

Un dimanche midi, tout le monde s'était retrouvé pour partager un repas convivial.

Le bruit des couverts résonnait dans la salle à manger. Cassandre jetait parfois un regard autour de la table. Son conjoint discutait avec enthousiasme avec son frère, tandis que sa mère montrait des photos sur son téléphone. Tout semblait normal.

Jusqu'à ce que le sujet soit abordé.

– Et sinon, comment vas-tu ? Avec… ta maladie ? demanda sa sœur, hésitante.

Un bref silence s'installa, et elle sentit aussitôt tous les regards se tourner vers elle.

– Ça va… J'apprends à gérer, répondit-elle, évitant d'entrer dans les détails.

– Oui, mais… Cela ne se soigne pas, n'est-ce pas ? ajouta son frère.

Elle hocha la tête.

– Non. Mais, j'ai trouvé des moyens d'atténuer la douleur. Je fais de mon mieux.

Sa mère leva les yeux de son téléphone et déclara d'un ton léger :

— Peut-être que si tu sortais davantage, cela irait mieux ? Tu sais, rencontrer des gens, faire du sport…

Cassandre sentit une vague d'agacement monter en elle. Elle savait que sa mère ne disait pas cela méchamment. Cependant, c'était toujours la même chose : des conseils simplistes, comme si sa maladie était une question de volonté.

— Si c'était aussi simple, je l'aurais déjà fait.

Sa sœur posa une main sur le bras de Cassandre.

— Nous savons que c'est difficile, mais tu es forte. Tu vas t'en sortir.

Cassandre baissa les yeux. « Tu vas t'en sortir. » Comme si c'était une épreuve temporaire. Comme si elle allait « guérir » un jour.

— Je ne vais pas m'en sortir. Je vais simplement apprendre à vivre avec.

Son père, resté silencieux jusqu'alors, prit une gorgée de vin avant d'ajouter d'une voix posée :

— Nous sommes là, quoi qu'il arrive.

Cassandre hocha la tête, appréciant ces paroles bien plus que tous les conseils du monde.

Quelques jours plus tard, Cassandre avait rendez-vous avec une amie pour discuter. Assise dans un café avec Angèle, elle se sentit enfin un peu plus légère.

– Tu sais, j'ai lu des informations sur la fibromyalgie, dit son amie en remuant son café. Je voulais mieux
comprendre ce que tu traverses.

Cassandre leva la tête, étonnée.

– Vraiment ?

– Oui… Et, honnêtement, je comprends que cela
doit être horrible à vivre. Cela ne se voit pas, mais c'est
présent en permanence…

Cassandre sentit sa gorge se serrer. D'habitude, elle
devait expliquer, justifier, convaincre. Mais, cette fois,
quelqu'un avait fait l'effort de comprendre sans qu'elle
ait à se battre.

– Merci, ça me touche profondément.

– Tu n'as pas à tout affronter seule. Si un jour tu as
besoin de parler, ou de faire une pause dans un endroit
calme, je suis là.

Pour la première fois depuis longtemps, Cassandre
se sentit moins seule.

Chapitre 6 : L'incompréhension et le conflit

La douleur était intense aujourd'hui. C'était l'un de ces jours où chaque mouvement représentait une épreuve. Cassandre avait annulé la sortie prévue avec sa mère et sa sœur, incapable d'affronter le monde extérieur.

Cependant, ce soir-là, son téléphone vibra. Un message de sa mère.

"Tu ne peux pas rester enfermée de cette manière. Fais un effort."

Un soupir lui échappa. Elle hésita à répondre, puis finit par taper un message.

"Maman, je ne choisis pas de rester enfermée. Je suis épuisée. J'ai mal."

Quelques secondes plus tard, une réponse tomba.

"Tu es fatiguée. Mais si tu ne fais rien, comment veux-tu aller mieux ?"

La colère monta. Cassandre éprouvait constamment le besoin de se justifier, de prouver que sa souffrance était réelle.

"Maman, la fibromyalgie ne disparaît pas avec un simple acte de volonté."
[…]
"Tu devrais essayer d'être plus positive. Tu te laisses aller."

C'était la goutte d'eau qui faisait déborder le vase. Cassandre sentit les larmes monter aux yeux. Elle aurait voulu crier que ce n'était pas un manque de positivité, mais une maladie. Qu'elle donnerait tout pour avoir l'énergie et la force de faire ce que les autres faisaient sans y réfléchir !

Cassandre posa son téléphone, incapable d'écrire une réponse sans perdre son calme.

Chapitre 7 : Un moment de résilience

Cassandre n'aurait jamais cru qu'un simple matin d'automne marquerait un tournant dans sa vie.

Le murmure du vent automnal caressait ses joues tandis qu'elle se tenait debout sur la terrasse, son thé réchauffant ses mains. Elle observait les feuilles rousses danser dans l'air, un spectacle simple, presque banal. Mais, pour elle, ce matin-là, ce fut une révélation.

Voilà des mois qu'elle se battait. Des mois à jongler entre douleurs, fatigue et doutes. Pourtant, elle était toujours là.

Elle capta le rire léger de Lucas depuis le salon, Nathan utilisant sa magie vocale pour rendre une simple blague irrésistible.

Un sourire naquit sur ses lèvres.

Elle était là. Avec eux. Malgré tout, elle avançait.

Quelques jours plus tard, Cassandre décida qu'il était temps de reprendre une activité qui lui faisait du bien. Elle s'inscrivit à des séances de sophrologie, curieuse d'explorer une nouvelle façon d'apprivoiser la douleur.

La première séance fut étrange. Assise en tailleur, les yeux fermés, elle écoutait la voix apaisante de la praticienne.

– Concentrez-vous sur votre souffle. Acceptez votre corps tel qu'il est aujourd'hui.

Accepter son corps. Ces mots résonnèrent en elle.

Après la séance, elle se sentit légère, comme si un poids invisible s'était un peu dissipé. Ce n'était pas une solution miracle, mais c'était un pas vers un mieux-être.

En se rendant avec Lucas au bus scolaire, un matin, une douleur la foudroya en pleine route. Ses jambes faiblirent. Elle s'agrippa au mur d'une maison pour ne pas tomber.

Lucas, inquiet, lui prit la main.

– Maman, ça va ?

Elle inspira profondément, luttant contre la panique.

– Oui, mon grand. Cependant, on va juste marcher un peu plus lentement.

Cassandre n'avait pas le choix. Elle devait avancer.

Et, elle le fit.

Ce soir-là, au fil de sa conversation avec Nathan sur sa journée, elle réalisa qu'elle trouvait toujours la force de continuer même quand tout était difficile.

C'était ça, la résilience.

Quelques semaines plus tard, Cassandre reçut un message d'une association de patients atteints de fibromyalgie. Ils organisaient une rencontre et cherchaient des témoignages inspirants.

Elle hésita longtemps.

— Tu devrais le faire, dit Nathan en lui tenant la main. Regarde tout ce que tu as surmonté.

Cassandre sourit timidement.

— J'ai peur de ne pas être légitime.

— Et si quelqu'un dans cette salle se reconnaît en toi et trouve un peu d'espoir ?

Cette phrase la décida.

Le jour de la rencontre, elle se leva sur scène, les jambes tremblantes.

— Bonjour, je m'appelle Cassandre, et il y a quelques années, j'ai reçu un diagnostic qui a changé ma vie.

Elle raconta son parcours, sans embellir la réalité, mais en mettant en avant ce qu'elle avait appris. À la fin, une femme dans l'assemblée leva la main.

— Comment faites-vous pour garder espoir ?

Cassandre réfléchit un instant avant de répondre.

— Parce que je refuse de laisser la douleur voler tout ce qui me rend vivante.

Les applaudissements la bouleversèrent.

Ce jour-là, elle comprit qu'elle n'était pas seulement une malade. Elle était aussi une combattante.

Chapitre 8 : Une relation qui évolue

Un après-midi, sa mère vint lui rendre visite.

– Je souhaitais m'entretenir avec toi, dit-elle en entrant dans le salon.

Cassandre s'attendait à un autre sermon, à une autre tentative pour là "motiver".

Cependant, au lieu de cela, sa mère sortit un livre de son sac.

– J'ai lu un article sur la fibromyalgie et j'ai appris beaucoup de choses. Je m'excuse si je n'ai pas toujours été à l'écoute.

Cassandre demeura figée un instant, prise de court.

– As-tu réellement lu sur le sujet ?

— Oui, j'ai compris que je ne saisissais pas ce que tu vis je suis désolé de l'avoir pris à la légère.

Cassandre sentit son cœur se serrer. Pendant des mois, elle avait eu l'impression de devoir se battre seule. Mais, à cet instant, sa mère faisait un pas vers elle.

Elle esquissa un sourire, sincère cette fois-ci.

– Merci… Ça compte beaucoup pour moi.

Chapitre 9 : La rechute...

Voilà un an que Cassandre apprenait à vivre avec sa maladie. Elle avait trouvé des solutions pour se sentir un peu plus à l'aise au quotidien. Si sa douleur demeurait inchangée, les crises s'étaient espacées. Pourtant, depuis quelque temps, une sensation de brûlure sous la vessie l'inquiétait. Ce symptôme gênant n'avait jamais fait partie de ceux qu'elle connaissait déjà, ce qui l'avait conduite à subir des examens plus approfondis.

Dans les semaines qui suivirent, elle passa une série de tests chez sa gynécologue et attendit patiemment les résultats.

Le jour du verdict était enfin arrivé.

Assise sur une chaise dans le cabinet médical, son cœur battait la chamade. À côté d'elle, son conjoint lui tenait la main, posée délicatement sur son genou, un geste discret, mais réconfortant.

Le médecin feuilleta son dossier, l'air grave.

– Les résultats sont tombés…

Elle sentit son souffle se couper.

– Vous avez une lésion appelé génome sur le col de l'utérus.

Le silence s'abattit sur la pièce. Son conjoint serra un peu plus sa main.

– Est-il question de cancer ? dit-elle, la voix nouée.

– Un stade embryonnaire, mais l'urgence est d'agir pour éviter toute propagation future et protéger les organes adjacents. On prévoit d'enlever la partie atteinte et d'utiliser un complément de traitement laser.

Elle hocha lentement la tête, incapable de parler. Déjà que son corps la trahissait avec la fibromyalgie, voilà maintenant une nouvelle épreuve. Cassandre avait l'impression qu'elle n'aurait jamais de répit.

Dans la voiture, sur le chemin du retour, elle resta silencieuse. Son conjoint aussi.

Arrivée chez elle, elle s'effondra sur le canapé. Cette fois, elle n'avait plus la force de résister. Elle s'effondra en pleure.

Chapitre 10 : La force de se battre

La nuit qui suivit fut longue. Les pensées tournaient en boucle. Si l'opération ne suffisait pas ? Et, si, après ça, une autre maladie apparaissait encore ?

Puis, dans l'obscurité, un bruit léger.

Cassandre sentit une petite main se glisser sur son bras.

– Maman, es-tu réveillée ?

Son fils, Lucas, se tenait là, tout proche.

– Oui, mon grand…

Il s'approcha du lit et posa doucement sa tête contre elle.

– Des frayeurs m'ont réveillé !

Elle caressa lentement ses cheveux, sentant son cœur se serrer. Son fils avait besoin d'elle. Lucas comptait sur elle, chaque jour, sans même se poser de questions.

– Maman, ta lutte quotidienne contre ta maladie est admirable, j'ai la certitude que tu vaincras cette épreuve aussi.

Cassandre inspira profondément. Elle n'avait pas le droit d'abandonner. Pas maintenant. Pas tant qu'il avait besoin d'elle.

Cette nuit-là, elle décida qu'elle allait se battre.

Chapitre 11 : La nouvelle dynamique avec son conjoint

Les semaines passèrent entre rendez-vous médicaux et douleurs persistantes. Son conjoint, Nathan, était là, toujours là, mais Cassandre sentait un décalage.

Un soir, alors qu'elle s'allongeait dans le lit, il soupira.

– Je me sens impuissant.

Elle tourna la tête vers lui.

– Pourquoi tu dis ça ?

– Parce que je te vois souffrir et que je ne peux rien faire. Je voudrais juste… Te soulager.

Elle posa une main sur la sienne.

– Être là, c'est déjà énorme.

Nathan baissa les yeux.

– Parfois, j'ai peur que tu m'en veuilles. Que tu ressentes tout ça seule.

Elle sourit doucement.

– Je ressens tout ça seule, oui… Mais pas parce que tu es absent. Puisque c'est une bataille que personne ne peut mener à ma place.

Un silence puis il hocha la tête et l'attira lentement contre lui.

– Alors, je serai là. Même si je ne peux pas te guérir, je peux être là.

Cassandre ferma les yeux, laissant enfin une larme couler.

Chapitre 12 : Le jour de l'opération

Le jour tant redouté était enfin arrivé : celui de l'opération. Cassandre se retrouva à l'hôpital, enveloppée par cette odeur aseptisée qu'elle ne supportait plus. Elle était assise sur un fauteuil, son cœur tambourinant dans sa poitrine. À ses côtés, ses parents, Pietro et Maria, tentaient de lui apporter un peu de réconfort. Nathan, son compagnon, n'était pas encore arrivé, retenu par le travail, mais il devait bientôt venir pour prendre le relais auprès d'elle.

Malgré la présence aimante de ses parents, l'angoisse ne cessait de croître en elle. Cassandre jetait des regards nerveux autour d'elle, observant les murs blancs et impersonnels de l'hôpital qui semblaient l'enfermer dans une bulle d'inquiétude. Elle essaya de se concentrer sur la respiration lente de sa mère et la main rassurante de son père posée sur la sienne, mais elle ne parvenait pas à repousser la peur qui s'était infiltrée dans son esprit.

La chambre était doucement éclairée, et le silence, à peine troublé par le murmure lointain de l'activité hospitalière, contribuait à alourdir l'atmosphère. Cassandre ferma les yeux un instant, espérant que cela aiderait à calmer le tumulte intérieur, mais tout ce qu'elle ressentait était l'intensité de son appréhension.

Elle savait que son compagnon n'allait pas tarder et s'efforçait de trouver du réconfort dans cette pensée. Pourtant, cet espoir atténuait à peine légèrement l'inquiétude devant l'inconnu de ce qui l'attendait. C'était une épreuve qu'elle ne pouvait éviter, mais elle espérait au fond d'elle que tout se passerait pour le mieux.

– Tout va bien se dérouler, murmura Pietro.

Elle hocha la tête sans trop y croire.

Nathan se précipita dans la pièce juste avant que le brancardier n'apparaisse pour la descendre au bloc.

Le brancardier arriva, signalant le moment des adieux temporaires. Les infirmières avaient omis de donner à Cassandre le médicament prévu, ce qui augmenta son stress. Après un dernier regard échangé avec Nathan et ses parents, elle fut conduite dans cette salle immaculée où régnait un silence frappant.

L'anesthésiste s'approcha.

– On va commencer l'anesthésie, respirez profondément…

Mais, des complications surgissent : seul, après quatre tentatives à divers points, l'anesthésiste parvient à réaliser l'injection. Le produit provoqua une brûlure inhabituelle dans son bras et l'anxiété monta d'un cran.

– Je… Je ne me sens pas bien... Balbutia-t-elle.

Sa détresse éclata en pleurs incontrôlables, incitant l'équipe d'anesthésies à se rapprocher pour calmer son état avant de procéder à l'opération.

Cassandre se calma enfin, rejoignit le bloc opératoire où tout le monde était prêt, s'allongea, et une infirmière posa le masque sur son visage, l'obscurité la saisit rapidement.

Chapitre 13 : L'après opération et les complications

Cassandre se réveilla dans une douleur sourde, le corps lourd. Sa gorge était sèche, et chaque respiration lui coûtait un effort énorme. Nathan était là, penché sur elle, l'air inquiet.

– Tu es réveillée… Murmura-t-il, soulagé.

Elle se redressa, mais bientôt, elle sentit quelque chose d'anormal : une chaleur diffuse au niveau de son abdomen, suivie d'un vertige violent.

– Appelle l'infirmière… Il se passe quelque chose d'anormal ! déclara-t-elle à Nathan.

Il appela immédiatement les infirmières.

Elles entrèrent précipitamment.

– Sa tension chute et elle fait une hémorragie, vite !

Les voix devinrent floues, les sons se brouillèrent. L'hémorragie était en train de s'installer, silencieuse et sournoise.

Quand elle rouvrit les yeux, une heure avait passé. L'infirmière expliqua doucement :

- Vous avez fait une hémorragie importante après l'opération. On a réussi à stabiliser la situation, mais vous devrez rester sous surveillance pendant quelques jours.

Nathan lui tenait toujours la main, épuisé, mais soulagé.

- Tu as eu tellement peur, souffla-t-il.

Cassandre hocha faiblement la tête, les larmes roulant sur ses joues. Ce n'était pas juste la douleur physique, mais la peur de ne pas revoir Lucas, de laisser derrière elle ceux qu'elle aimait.

Les infirmières lui avaient autorisé à rentrer chez elle pour la nuit avec une surveillance constante.

Le soleil était à peine levé que Cassandre ouvrit difficilement les yeux. La nuit avait été longue et agitée, peuplée de rêves indistincts et de visages flous. Elle se sentait étrangement faible, et une sensation familière, cependant non moins terrifiante, commença à l'envahir. L'hémorragie, ce spectre menaçant, semblait vouloir refaire surface.

Cassandre tenta de bouger, son corps paraissait peser une tonne. Nathan avait dû s'assoupir à côté d'elle, ses mains détendues, mais prêtes à bondir à la moindre alerte. Cassandre sentit cette chaleur de nouveau, cette sensation sinistre rayonnant depuis son abdomen. Elle gémit doucement, espérant ne pas réveiller Nathan. Mais, c'était peine perdue ; il ouvrit immédiatement les yeux, comme si un sixième sens l'incitait à rester en alerte chaque fois que Cassandre manifestait le moindre malaise.

— Cassandre, qu'est-ce qui ne va pas ? s' enquit-il, la voix encore rauque de sommeil.

Elle n'eut pas besoin de répondre. Nathan avait senti, comme elle, que quelque chose n'allait pas. En une fraction de seconde, son téléphone était dans sa main et il appelait les urgences.

Quelques heures plus tard, aux urgences, un tourbillon d'activité envahit la salle d'examen où Cassandre attendait. Le personnel médical, façonné par l'expérience et l'urgence, s'affairait déjà autour d'elle. L'infirmière prit la tête de l'opération, dirigeant l'équipe avec efficacité.

Cassandre se sentit aspirée dans un monde d'ombre et de lumière, le bourdonnement de l'activité hospitalière devenant un bruit de fond. Elle pouvait entendre Nathan et ses parents s'adresser au personnel, sa voix trahissant l'inquiétude qu'il essayait pourtant de maîtriser.

Elle se retrouva entourée de médecins qui discutaient des options de traitement possibles — un flot de termes médicaux qui l'enveloppa sans qu'elle puisse véritablement en saisir le sens.

Cassandre ferma les yeux pour se protéger de cette sur stimulation. Un médecin s'approcha, se penchant sur elle.

— Madame Vidal ? Je suis le Dr. Marchand. Nous allons tout mettre en œuvre pour stabiliser votre état, d'accord ?

Cassandre hocha la tête, tentant de garder l'esprit clair malgré les vagues de douleur et l'émotion qui menaçaient de l'engloutir. Le monde était devenu un tourbillon de soignants affairés, de machines clignotantes et de monitoring incessant.

Chaque seconde semblait s'étirer, la tension palpable dans l'air. Mais, dans ce chaos ordonné, elle sentait la présence de Nathan et ses parents, au-delà des murs, à l'extérieur, voulant être informé à chaque instant de la progression des soins, espérant que le pire était enfin derrière eux.

Tandis que le médecin exécuta un autre geste médical, elle se raccrocha à une dernière pensée rassurante : à ces futurs instants où, enfin rétablie, elle pourrait retrouver Nathan et Lucas, au-delà de cet hôpital et de cette épreuve. Les ténèbres se refermèrent sur elle, mais cette fois, avec l'espoir tenace d'un réveil à venir.

Chapitre 14 : L'espoir malgré tout

Les jours suivants furent une symphonie de douleur, de soin et de silence. Mais, un matin, Lucas entra dans la chambre, tenant un dessin.

– C'est pour toi, maman. Pour que tu sois plus forte.

Elle sentit ses forces revenir, doucement. Elle savait que la bataille était loin d'être terminée, mais elle avait survécu à l'opération, à la peur, à l'hémorragie. Et, surtout, elle avait encore des raisons de se battre.

Deux mois s'écoulèrent. Cassandre avait un rendez-vous à l'hôpital avec le médecin qui l'avait opérée. Il lui remettrait le compte rendu de l'opération et vérifierait si tout avait bien cicatrisé.

Cassandre était assise sur la chaise froide du cabinet, les mains tremblantes. Nathan serrait tendrement sa main, silencieux, mais présent, comme toujours.

Le médecin sourit lentement en refermant son dossier.

– L'opération a été un succès. Les cellules anormales et le morceau de col ont été retirées, et les résultats sont bons.

Les mots mirent quelques secondes à atteindre son esprit. Une vague de soulagement l'envahit, si intense qu'elle sentit les larmes monter.

– C'est… Fini ? murmura-t-elle.

– On va continuer à surveiller, mais pour l'instant, vous êtes hors de danger.

Nathan déposa un baiser léger sur sa tempe. Pour la première fois depuis des mois, Cassandre sentit un poids quitter ses épaules.

De retour à la maison, Lucas les attendait avec impatience.

– Maman, ça va mieux ? Demanda-t-il avec ses grands yeux remplis d'inquiétude.

Elle s'accroupit pour le prendre dans ses bras.

– Oui, mon grand. Ça va mieux.

Ce jour-là, pour la première fois depuis longtemps, l'espoir s'installa dans leur maison.

Chapitre 15 : Un nouvel obstacle

Les jours passèrent, rythmés par les soins et les efforts pour retrouver un semblant de normalité. Mais, la douleur, elle, n'avait pas disparu.

Une nuit, Cassandre se réveilla en sursaut, le corps pris dans un étau invisible. Les larmes coulèrent sans qu'elle puisse les retenir. Nathan se réveilla aussitôt.

– Encore ces douleurs ? Demanda-t-il, inquiet.

– Je… Je croyais que ça irait mieux…

Il la prit doucement dans ses bras, mais elle se dégagea.

– Tu ne peux rien faire, Nathan. Tu ne peux pas comprendre. De plus, j'ai très mal.

Le silence tomba, lourd. La fatigue et la douleur prenaient le dessus, créant une distance qu'elle n'avait jamais voulu installer. Mais, lors des crises, Cassandre ressentait un incendie intérieur qui la brûlait de l'intérieur.

Le lendemain, Nathan partit travailler sans un mot de plus. Cassandre sentit cette tension peser sur elle toute la journée.

Chapitre 16 : L'acceptation

Quelques jours plus tard, alors que Lucas jouait tranquillement dans sa chambre, Cassandre s'installa sur la terrasse, son ordinateur sur ses genoux.

Elle ouvrit les portes de son univers en commençant à écrire :

" Je ne serai jamais la femme que j'étais avant. Mais, peut-être que ce n'est pas ça, le plus important. Probablement que je peux être autre chose. Une femme forte, même dans sa douleur. Une mère qui aime son fils plus que tout. Une compagne qui, malgré ses failles, essaie encore d'être là. "

Elle releva les yeux et aperçut Nathan, debout dans l'encadrement de la porte.

– Je ne veux pas que tu te battes seule, dit-il d'une voix douce.

Elle lui tendit la main.

– Je ne veux plus me battre seule non plus.

Ce fut un moment simple, mais c'est là qu'elle comprit : accepter sa douleur ne voulait pas dire abandonner. Cela voulait dire apprendre à vivre avec elle, entourée de ceux qu'elle aimait.

Chapitre 17 : Un moment de répit et de bonheur

L'air salé lui picotait le visage tandis que Lucas courait pieds nus sur le sable. Cassandre s'arrêta un instant pour admirer la scène : son fils riait aux éclats, poursuivi par Nathan qui faisait semblant de ne pas le rattraper.

– Maman, viens jouer !

Elle hésita, la fatigue toujours présente, mais le sourire de Lucas lui donna du courage. Elle enleva ses chaussures et s'élança à leur poursuite, sentant le vent soulever ses cheveux.

Pendant ces quelques jours de vacances, elle mit ses douleurs de côté. Bien sûr, elles étaient toujours là, tapies dans l'ombre, mais pour une fois, elles ne dictaient pas tout.

Le soir, allongée dans les bras de Nathan, elle souffla :

– J'aimerais que ce moment dure pour toujours.

Il caressa doucement sa main.

– Alors, gardons-le en mémoire.

Chapitre 18 : Un défi extérieur

De retour à la maison, la réalité la rattrapa vite.

Lors d'une réunion au travail, un collègue lança avec un sourire :

– T'as pris des vacances, toi ? Ça se voit, tu as bonne mine !

Cassandre sentit un pincement au cœur. Si seulement il savait…

Puis, ce fut une amie qui, en l'invitant à sortir, répondit à son refus par un rire :

– Oh, allez, tu es toujours fatiguée ! Il faut juste que tu bouges un peu plus.

Cette phrase, elle l'avait entendue des dizaines de fois. Mais, ce jour-là, elle explosa :

– Tu crois que c'est une question de volonté ? Que je choisis d'être fatiguée d'avoir mal tout le temps ?

Le silence s'installa. Son amie baissa les yeux, visiblement gênée.

Cassandre s'en voulut immédiatement, mais au fond, elle savait qu'elle avait raison. Son combat n'était pas seulement contre la maladie, mais également contre l'incompréhension des autres.

Chapitre 19 : Une nouvelle perspective

Submergée un soir par la souffrance, Cassandre se réfugia devant son carnet pour y déverser ses pensées.

Elle écrivit sur la fibromyalgie, sur l'opération, sur la peur et le courage. Les mots coulaient sans effort, comme si tout ce qu'elle gardait en elle depuis des années trouvait enfin une échappatoire.

Nathan passa la tête dans l'encadrement de la porte.

– Tu écris quoi ?

Elle haussa les épaules.

– Je ne sais pas. Juste… Tout ce que je ressens.

Il s'approcha et posa une main sur son épaule.

– Peut-être que c'est ça, ta voie. Probablement que tu devrais partager ton histoire.

Cassandre sourit faiblement. Elle ignorait encore si elle était prête, mais une chose était sûre : écrire lui faisait du bien.

Et, peut-être, juste, peut-être, qu'un jour son histoire aiderait quelqu'un d'autre.

Chapitre 20 : Un tournant important

Cassandre ne s'attendait pas à ce coup de fil.

– Bonjour, je suis journaliste et j'ai lu votre témoignage en ligne. J'aimerais vous interviewer pour parler de la fibromyalgie.

Son cœur se mit à battre plus vite. Elle avait écrit un simple article, publié sur un blog d'entraide, sans imaginer qu'il toucherait autant de monde.

– J'ignore si je suis la bonne personne pour ça… Hésita-t-elle.

– Au contraire. Votre histoire peut aider d'autres personnes.

Elle raccrocha, perdue dans ses pensées. Était-elle prête à exposer sa vie ainsi ?

Le soir, elle en parla à Nathan.

– Que ressens-tu ? demanda-t-il.

Cassandre inspira profondément.

– De la peur. Mais également… de la fierté.

C'était peut-être ça, son tournant.

Chapitre 21 : Un moment de vulnérabilité

Quelques jours plus tard, alors qu'elle préparait l'interview, une douleur fulgurante la paralysa. Elle serra les poings, tentant de respirer, mais cette fois, rien n'y faisait.

Nathan accourut.

– Cassandre ? Que se passe-t-il ?

Les larmes coulaient sur ses joues.

– Je n'en peux plus, Nathan… J'ai l'impression de me battre contre une sensation qui ne partira jamais.

Il la pressa contre lui, mais elle crut perdre son souffle.

– Je ne veux pas être un poids pour toi ! lâcha-t-elle.

Nathan recula, blessé.

– Tu n'es pas un poids, Cassandre. Cependant, tu dois arrêter de penser que tu es seule dans ce combat.

Un silence pesant s'installa. Elle savait qu'il avait raison.

Quelques semaines plus tard, Cassandre donna finalement son interview. Elle parla de la douleur, des rechutes, mais également de la force qu'elle avait trouvée en elle.

À la fin, la journaliste lui demanda :

– Si vous aviez un message à transmettre, ce serait quoi ?

Cassandre réfléchit un instant, puis sourit doucement.

– Que malgré tout, la vie continue. Et, qu'on peut toujours trouver une façon de la rendre belle.

Le crépuscule venu, elle s'unit à Nathan et Lucas, ce n'était pas une conclusion heureuse, mais elle s'y résignait sereinement progressivement.

Chapitre 22 : Un dénouement progressif

Les rayons du soleil matinal perçaient à travers les rideaux, baignant la chambre d'une lumière douce. Cassandre ouvrit les yeux, ressentant une légère douleur familière dans ses articulations. Pourtant, ce matin-là, une sensation était différente.

Elle se leva lentement, pris une profonde inspiration et se dirigea vers la cuisine. Nathan était déjà là, préparant le petit-déjeuner. Il leva les yeux et lui sourit.

– Bonjour, ma chérie. Bien dormi ?

– Oui, mieux que d'habitude.

Ils s'échangèrent un regard complice. Les derniers mois avaient été éprouvants, mais ils avaient appris à savourer ces petits moments de répit.

Après le petit-déjeuner, Cassandre s'installa dans son bureau. Depuis son interview, elle avait reçu de nombreux messages de personnes touchées par son témoignage. Certains partageaient leur propre expérience avec la fibromyalgie, d'autres la remerciaient pour son courage.

Elle ouvrit son ordinateur et lut un message qui attira son attention :

*"Chère Cassandre, votre histoire m'a profondé-
ment touchée. Ainsi, je me sens moins seule face à la
maladie. Merci de mettre des mots sur ce que beaucoup vivent en silence."*

Les larmes aux yeux, Cassandre réalisa l'impact de
son récit. Elle prit une décision : elle allait écrire un
livre pour partager son parcours, ses luttes, mais également ses victoires.

Les semaines suivantes, elle se plongea dans
l'écriture. Chaque mot posé sur le papier était une ca-
tharsis, une libération. Nathan et Lucas la soutenaient,
prenant en chargent davantage de tâches à la maison
pour lui permettre de se consacrer pleinement à son
projet.

Un soir, alors qu'elle relisait un chapitre particulièrement émouvant, Lucas entra dans le bureau.

- Maman, tu écris sur quoi ?

Cassandre sourit et le fit asseoir à côté d'elle.

- Je raconte notre histoire, mon grand. Pour que
d'autres comprennent ce que nous vivons et trouvent
du courage.

Il la regarda avec admiration.

- Je suis fier de toi, maman.

Ces mots réchauffèrent son cœur. Cassandre savait
que son combat n'était pas seulement le sien, mais celui de toute sa famille.

Au fil du temps, Cassandre apprit à écouter son corps, à reconnaître ses limites sans culpabilité. Elle intégra des séances de méditation et de yoga doux dans sa routine, trouvant un équilibre entre activité et repos.

Un matin, alors qu'elle terminait le dernier chapitre de son livre, elle reçut un appel de son éditeur.

- Cassandre, nous avons une excellente nouvelle. Votre livre sera publié le mois prochain. Nous prévoyons également une tournée de conférences pour sensibiliser le public à la fibromyalgie.

Son cœur s'emballa. Elle n'aurait jamais imaginé que son histoire puisse toucher autant de monde.

Le mois suivant, lors de la première conférence, Cassandre monta sur scène, le trac au ventre. Mais, en voyant le public nombreux venu l'écouter, elle sentit une vague de gratitude l'envahir.

- Bonsoir à tous. Si on m'avait dit il y a un an que je serais ici devant vous, je ne l'aurais pas cru. La fibromyalgie m'a appris la résilience, l'importance de chaque petit moment de bonheur. Aujourd'hui, je souhaite partager ce message d'espoir avec vous.

Les applaudissements fusèrent, et Cassandre sut à cet instant que son parcours, bien que semé d'embûches, avait trouvé un sens.

De retour chez elle, elle retrouva Nathan et Lucas. Ensemble, ils regardèrent le coucher du soleil depuis leur terrasse, savourant ce moment de paix.

Bien que sa douleur soit encore présente, elle n'était plus au centre de son existence, Cassandre avait trouvé une force inédite et, surtout, un moteur pour avancer : partager son parcours au bénéfice des autres.

Ce soir-là, en s'endormant dans les bras de Nathan, elle murmura :

– La vie est belle, malgré tout.

Un sentiment oublié qu'elle redécouvrait finalement.

Chapitre 23 : Les battements de l'invisible

Cassandre était là, assise sur le banc d'un petit parc, le regard perdu sur l'horizon. Le vent caressait doucement son visage, emportant avec lui les échos de toutes ces années de lutte.

Elle repensa à tout ce qu'elle avait traversé. La douleur insidieuse qui s'était insinuée dans son corps, l'errance médicale, la peur, la colère, l'opération, l'hémorragie… Toutes ces épreuves qui auraient pu la briser. Mais, elle était encore là. Cassandre, avec son corps marqué, fatigué parfois, mais debout.

À côté d'elle, Lucas jouait, insouciant, lançant des éclats de rire qui s'envolaient dans l'air du soir. Il était son ancre, son rappel constant que la vie méritait d'être vécue, même avec ses ombres.

Nathan la rejoignit, une boisson chaude à la main. Il la regarda en silence avant de s'asseoir à côté d'elle.

– À quoi tu penses ? Demanda-t-il lentement.

Cassandre inspira profondément.

– À tout. À rien. À ce que j'ai perdu… Et à ce que j'ai trouvé.

Nathan posa une main sur la sienne, son contact chaud et rassurant.

– Tu as trouvé quoi ?

Cassandre tourna la tête vers lui, et dans son regard brillait une nouvelle lueur.

– Moi-même.

Un silence s'installa, rempli de tout ce qu'ils n'avaient pas besoin de dire.

Cassandre avait compris. Ce n'était pas la maladie qui la définissait. Ni la douleur, ni les pertes. Elle était plus que ça. Elle était les battements silencieux de sa propre existence, ceux que personne ne voyait, mais qui faisaient d'elle ce qu'elle était : une femme, une mère, une battante.

Cassandre ferma les yeux un instant, laissant le vent emporter les dernières traces de ses peurs. Puis, elle sourit.

Parce qu'elle était vivante.

Et, c'était tout ce qui comptait.

Postface

En projetant "les battements de l'invisible", je ne pensais pas que cette expérience serait aussi profonde et touchante. Chaque page m'a permis de poser des mots sur des douleurs invisibles, mais bien réelles. Ce roman est plus qu'une fiction : c'est une part de moi, un reflet de ce que j'ai vécu et ressenti.

À travers l'histoire de Cassandre, j'ai voulu rendre hommage à toutes les personnes qui, chaque jour, se battent contre des souffrances que l'on ne perçoit pas au premier regard. J'espère que ce récit vous aura touché, qu'il vous aura permis de mieux comprendre ces combats silencieux, ou peut-être même, de vous sentir moins seul(e).

Si ce livre a trouvé un écho en vous, alors il a rempli sa mission.

Merci d'avoir accompagné Cassandre dans son cheminement. Merci d'avoir écouter l'invisible.

Cécile V.

Remerciements

Écrire "Les battements de l'invisible" a été un chemin en même temps intense et libérateur. Ce livre n'aurait jamais vu le jour sans le soutien, l'amour et la patience de certaines personnes qui m'accompagnent au quotidien.

À mon conjoint, pour sa présence inébranlable, même dans les moments les plus difficiles. Ton soutien m'a permis d'avancer quand tout semblait s'écrouler.

À mon fils, qui a joué un rôle précieux dans l'élaboration de ce livre. Ta sensibilité, tes idées et ton regard bienveillant m'ont guidée tout au long de ce projet. Merci pour ton implication, pour ton écoute et pour la manière dont tu as su m'encourager à chaque étape. Ta lumière et ton amour sont une source infinie de force, et je suis fière d'avoir partagé ce voyage avec toi.

À ma famille, et particulièrement à mes parents, pour leur amour et leur compréhension malgré les épreuves.

À ceux qui vivent avec une maladie invisible, j'espère que ce livre portera votre voix et aidera à briser le silence autour de ces réalités méconnues. Vous n'êtes pas seuls.

Et, enfin, à vous, lecteurs, merci de plonger dans cette histoire. Merci d'écouter l'invisible et de faire vivre ce récit au-delà de ces pages.

Cécile V.

FSC
www.fsc.org
MIXTE
Papier issu
de sources
responsables
Paper from
responsible sources
FSC® C105338